ONTOLOGIAS MÍNIMAS

Romance redemoinho

Evandro Affonso Ferreira

ONTOLOGIAS MÍNIMAS

Romance redemoinho

FARIA E SILVA
EDITORA

Editor
Rodrigo de Faria e Silva

Revisão
Diogo Medeiros

Projeto gráfico e Capa
Estúdio Castellani

Diagramação
Estúdio Castellani

Imagem da Capa
Foto do autor

Dados Internacionais de Catalogação na Publicação (CIP)

F383o Ferreira, Evandro Affonso;
Ontologias mínimas / Evandro Affonso Ferreira, – São Paulo: Faria e Silva Editora, 2020.
80 p.
ISBN 978-65-991149-3-9

1. Literatura Brasileira

CDD B869

Quando me virem, bom, não sou eu

Henri Michaux

Para Gisele

— encantadora-inesquecível

filha Gisele

Celso Queirós

O título.

Faz lembrar Adorno (*Minima Moralia*), Krause Novalis. A Ontologia que a princípio propõe um enveredamento filosófico: toda realidade procede do Uno; ou a ontologia do efeito sem causa ou ainda a ontologia do Devir – ser/não ser, enveredamento esse que é esculhambado logo de cara por Michaux: "Quando me virem, bom, não sou eu". Assim, ao invés de embrenhar em filosofices ou descrever um eu-autoral lamuriente e real disfarçado em meio à ficção, já ficamos avisados que em *Ontologias Mínimas* vamos lidar com pura literatura.

A forma está construída sobre quatro pilares: – a maneira dos narradores apresentarem nossa ontológica personagem, – a geografia onde ele vive, – os lugares onde guarda seus tesouros e, por fim, – tempo como aproximação entre leitor/personagem.

Os narradores são três: – o narrador onisciente, o sujeito indeterminado, e o sujeito identificado e próximo (senhora coscuvilheira, observadores atentos) e então os verbos de apresentação preparam a descrição da ontológica personagem: Desconfiam, Dizem, Comentam, Descobriram, Afirmam, Contam, Garantem, ou ainda, Acalenta, Guarda, Garante, Refugia-se, Ignora, Vive, Obcecada, Não gosta...

A Geografia da Personagem: Abismos, Alturas, Quarto de Despejo, Porão, Subsolo, Em seu leito, Nas cercanias do absoluto em um lugar a duas quadras do mundo, no laboratório abstrato, em refúgio, em trincheira, no retiro, nos hiatos, aconchegado nas lacunas.

Lugares onde a Ontológica Personagem guarda seu tesouro: no fundo de gaveta, no criado mudo, no bornal, no baú, em balaio, no bolso interno do paletó.

O tempo como elemento chave introdutório e de mecanismo de aproximação leitor/personagem ontológica e criador de credibilidade: ontem pela manhã, desde a semana passada, neste instante, hoje à tardinha, manhãs metafísicas, agorinha, outro dia, ontem de madrugada, hoje bem cedinho, amanhece com, ontem, amanheceu, nas últimas horas, de tardinhas, agora, semanas.

Característica: – o amor às palavras, – a seus sons, – aos seus significados escondidos. – Estar no mundo contingencial.

Amor às sonoridades, às aliterações entre as palavras: trouxe-mouxe, propício a precipícios, sístoles e diástoles...

Amor a palavras não usuais: coscuvilheira, pandorga, ataraxia, procelas...

Amor às palavras: afaga com *itálicos* as palavras pelo prazer de vê-las brilhar, o *itálico* como cintilações do texto: lampejos, estupefatos, explicitudes, parcimônia, indesculpáveis...

Em cada frase: a contaminação da derrota irrevogável, o resistir na vida agarrado ao mínimo e a aceitação estoica de viver.

Belo livro!

ONTOLOGIAS
MÍNIMAS

Estão recolhidas há meses jogadas num canto do quarto de despejo da casa de nossa ontológica personagem – telhas soltas esperando *encaixe* simétrico para futuro pai-pedreiro batizá-las todas com o mesmo nome: telhado.

Mantinha alguns pássaros prenunciadores trancados num viveiro. Descobriu três meses depois que sem liberdade *intuições* não levantam voo.

Guarda pião *hipnótico* no fundo da gaveta do criado-mudo: gosta de camuflar giros ulteriores.

Garante com todos os efes e erres que alhures existe tribo que ignora o algures: preferem ficar quietos morando no *algum lu*gar que eles mesmos assentaram os próprios tijolos.

Desconfiam que nossa ontológica personagem tem mantido nas últimas horas contato permanente com a *congregação* dos precautelados.

Vive tempo todo entrançando dúvidas – nunca vê labaredas-clareiras iluminando possíveis – prováveis certezas; *tatibitates*, sim, reluzem amiudados.

Dizem que guarda no porão baú atafulhado de *metáforas* para consumo próprio. Outros, mais perspicazes, garantem que nossa ontológica personagem recolhe, dentro desse mesmo receptáculo, pastilhas em doses duplas de *implícitos*.

Refugia-se no subsolo dos *pretextos*: aprendeu o ofício de afagar *escusas*.

Garantem que conhece de cor e salteado a gramática do esquecimento – estudo sistemático-descritivo-analítico das *peripécias* mnemônicas. Hoje bem cedinho nossa ontológica personagem conseguiu, numa ação incomum, esquecer significado da palavra Etimologia.

Ignora os ruídos do oblíquo e as arranhadelas do tortuoso. Afirma sem constrangimento que o *transverso* é resíduo-rebelde do aplumado.

Obcecada pela origem: quer saber a todo custo a ancestralidade de tudo. Inclusive do *invisível*.

Não gosta de jeito nenhum do agora: transita tempo todo no *daqui-a-pouco*.

Dizem que foi ontem logo cedo: arranjou papel celofane, embrulhou o *destino*, jogando-o amarfanhado na gaveta do criado-mudo.

Tem olhar ideológico, embora gestos sejam displicentes, alienantes. Dizem que seus passos também são magnânimos: fabricam peregrinações revolucionárias. Entretanto, ingênua, ainda não percebeu que andanças vanguardistas sempre desembocam nos becos ilusórios do *devaneio*.

Comentam que nossa ontológica personagem vive agora ali na rua de baixo, num pequeno quarto de despejo cheinho assim de insetos da família dos *insolitocídeos*.

Afeita aos recuos: condescendente com os retrocederes. Retornanças estratégicas. Aprendeu essa arte do recuo com os desconcertos, com as barafundas cotidianas. Agora consegue polir os avanços com o verniz da *parcimônia*.

Reconhece de longe as vulnerabilidades dos titubeios, dos *badejos* constantes. Ainda assim, retrocede quase sempre: mesmo percebendo que dentro de seu balaio de recuos há um amontoado de hesitações e incertezas e muito medo.

Descobriram hoje de tardinha que nossa ontológica personagem resolveu viver-morar algum tempo no subsolo, no porão do *abstruso*.

Carrega consigo no bolso interno do paletó paletas minúsculas de *indesculpáveis*: raramente acaricia *explicitudes*.

Semanas tentando procurando rastrear *lampejos*. Mesmo sabendo da invisibilidade dos rastilhos do alumbramento, da cintilação.

Complacência súbita – botânica, arbórea, por assim dizer. Agora coleciona benevolência dedicando-se ao plantio de *altruísmo* e todas as suas ramificações beneficentes.

Desde semana passada se desabituou da perspicácia: agora olha tudo sob o prisma da *ataraxia*.

Nunca negou sua cumplicidade subalterna com o espanto: subserviente às perplexidades e seus inumeráveis-assombrados utensílios: acomoda-se resignante nos *estupefatos*.

Agora prostrada em seu leito lançando mão de súplicas religiosas, pedindo-implorando perplexidades à Nossa Senhora dos *Estupores*, protetora dos *Pasmados*.

Manhãs metafísicas! Gosta de exclamar este adjetivo transcendente diante do espelho: acredita que lançando mão desse *mantra* sobrenatural seu dia transcorre com veemência lúdica, por assim dizer.

Testemunhas afirmam que agorinha, no começo do entardecer, nossa ontológica e metafísica personagem tropeçou no *difuso* e torceu o pé esquerdo.

Vez em quando sai de casa deixando sua *dignidade* num pequeno cofre camuflado por suposta capa dura de suposto livro sobre a cidade de Paris.

Quando diz que é propícia aos precipícios, não podemos jamais enquadrá-la no catálogo da imensa-inumerável *turba* dos desencantados:

está apenas exercendo, lúdica, suas dissimuladas aliterações. Ludibrio estilístico.

Desconfiam que a qualquer momento seu coração poderá parar de vez. Apenas mostra certo *desapontamento* quando pensa que nunca mais vai dizer-pronunciar estas duas palavras de inegável sonoridade: sístoles e diástoles.

Tempo todo escarafunchando indeterminados cotidianos. Vez em quando é advertida, admoestada pelas aragens assertivas do *convicto*.

Outro dia saiu de casa de madrugada procurando, desesperada, justificativas pelos becos obscuros da cidade – escorregou num montículo de *alegações*, tropeçou horas depois em obstáculos que não confirmaram de jeito nenhum a existência de um fato.

Inegável sua atração hipnótica pelo etéreo: hipnose sublime, incorpórea – motivo pelo qual articula afetos com o *transcendente*.

Observadores desaforados garantem que nossa ontológica personagem, na maioria das vezes, se excede na *absurdez*, no desatino, para magnetizar incautos e irrefletidos leitores.

Às vezes se preocupa com a *tessitura* da própria voz – motivo pelo qual fica dias seguidos rendendo ampla-total-irrestrita homenagem ao silêncio.

Há muita sisudez no olhar dela – sequidão óptica. Entretanto não provoca perplexidade neles, seus interlocutores: sabe praticar soslaios e vieses – pertence à árvore genealógica dos *Oblíquos*.

Impronunciável! Lança mão quase sempre deste adjetivo quando está diante de situações absurdas sobre as quais é solicitada a *opinar*. Escapadelas-subterfúgios posicionais.

Acariciadora contumaz de tangências, nossa ontológica personagem quase nunca transita altiva pelas veredas da assertividade, pelos caminhos luminosos da *explicitude* – descontroles pluviométricos, se assim podemos dizer: certos seres chuvosos não facilitam a própria estiagem.

Carrega sempre a tiracolo bornal atafulhado de *estereótipos* – alforje de clichês. Contam que é escassa, precária de singularidades e seus afluentes excêntricos.

Apega-se à *sintaxe* da descrença: desconfia das possibilidades; desenvolve gosto apurado pelo improvável.

Personalidade vulcânica: sempre disponível às *lesões* de natureza inflamatória-contestatória.

Sensação de que seus passos nascem com intenções *esconsas* – caminhante abstrusa; transita incógnita nos acostamentos do cotidiano: andarilha solipsista.

Não é tão *alienada* como imaginam: sabe que o mundo fica a duas quadras daqui.

Adquiriu suscetível hábito de catalogar *vulnerabilidades* próprias: dedica-se ao plantio de inábeis – planta da família dos bisonhos.

Não são apenas suas palavras: ela, nossa ontológica personagem, também vive fora do *contexto* semântico normal da própria vida – metonímia cotidiana.

Sua alma vez em quando engendra quietudes prolongadas; preparando-se para a concentração – exercício de quieteza mística: coleciona *esotéricos* guardando-os em compartimentos herméticos.

Contam que pratica dia todo *simbolismo*: mestra da ourivesaria metafórica.

Desde criança ensinou o próprio olhar a *refutar* angústias e todos os respectivos apetrechos recheados de razões aparentes.

Abriu de repente a janela e viu lua e estrelas – vislumbre *aleatório*, pouco-quase-nada impregnado de cosmogonia.

Ficou ontem, madrugada quase toda, *extasiada* pensando na astronômica modéstia de uma daquelas estrelas que passa 500 anos viajando antes de ser vista por nós pobres mortais.

Dizem que fica horas seguidas em seu laboratório abstrato criando *serenidade* em pílulas para adormecer possíveis-prováveis caos.

É deliberada: viveza proposital. Carrega consigo vigor-vitalidade transcendente – embora ela sequer *decodifique* sua própria exuberância, que transcende experiências sensíveis.

Vizinhos coscuvilheiros garantem que ela, nossa ontológica personagem, tem pequena-minúscula fábrica de *ironias* no fundo do quintal – é possível ver pelas frestas do muro dezenas de figuras de retórica sobre zombeteira esteira rolante.

Especializou-se em aparar arestas das hipérboles: *acepilha* exagerações.

Incita solidão afugentando plurais de todos os naipes: personalidade singular. Às vezes nossa ontológica personagem fica dias seguidos *enfurnada* no subsolo do solipsismo: aconchego-receptivo.

Insiste na caligrafia garranchosa do *refúgio* – continua transitando sobre linhas quebradas-flexuosas da individualidade.

Mora-vive agora nas cercanias do *absoluto*, a poucas quadras das voragens do imperioso, do categórico.

Impelida-propelida pela fé; afeita às confidências místicas escalando invisível morro do alto firmamento. Contam que de noitinha, hora do ângelus, fecha os olhos e afaga êxtases etéreos – transes *resplandecentes*.

Às vezes purista, nossa ontológica personagem desconsidera os trejeitos obscenos da *obliquidade*.

Fria, impassível. Nada, no presente, faz remexer suas entranhas: sempre *incólume* aos açulamentos extrínsecos, aos frêmitos, aos murmúrios adjacentes.

Pratica insistente ofício de abolir *inexoráveis* com sua dúctil-invisível manta mágica. Muitas vezes mostra-se atarantada com súbitos-inesperados *enxames* de inflexibilidades.

Tempo todo repelindo próprios-prováveis sorrisos – *atravancamentos* de procedências rezingueiras.

Sisudez sempre se precipitando sobre a planície deles, seus obstrutivos lábios. Agora nossa ontológica personagem vive nas brenhas, nas *alfombras* da rabugice.

Para fazer jus às próprias obsessivas repetições de fenômenos idênticos, tem vivido *prazenteira* dias dilacerantes.

Perspectivas curvadas: é possível ver-vislumbrar à distância corcova da casualidade da sorte, do *amorfismo* do fadário.

Acalenta tarde toda *inverossímil*: afugenta possíveis aproximações inconvenientes de simulacros-silhuetas do plausível.

Dilacerante... Dilacerante – eis seu mantra substantival diante dos *descomedimentos*, das brutalidades humanas. Interlocutores incautos se comovem com esses sussurros de aparência análoga às plangências da alma. Entanto... Há sempre um entanto desvestindo verdades.

Afeiçoa-se aos ínfimos, aos diminutos – afagos *minguados*. Desconfiam que pertence à árvore genealógica dos liliputianos – todos descendentes do senhor Swift. Observadores mais atentos garantem que nossa ontológica personagem às vezes amanhece com mania de grandeza.

Desconfiam que pretende construir andaime sem parapeito ao lado da janela de seu apartamento do vigésimo andar – para *angariar* abalos ziguezagueantes: sensação labiríntica.

Dizem que seus próprios pronunciamentos ficam cada vez mais enferrujados: suas palavras são *pandorgas* desguarnecidas de vento.

Incomoda-se com esse cortejo imenso de tatibitates – procissão dos que prestam fidelidade às *tartamudezas*.

Gosta prazenteira de olhar de viés para contrariar horizontes – *indisciplina* panorâmica.

Sabendo da impossibilidade de combater obstáculos com blasfêmias e derrubar barricadas com irreverências profanas, aprendeu, desde cedo, a adestrar seu olhar para *escarafunchar* subterrâneos, transitar nos meandros subsequentes aos óbices.

Senhora coscuvilheira moradora do apartamento ao lado descobriu, sorrateira, que nossa ontológica personagem cultiva *paradoxos* na área de serviços – especializou-se no plantio de incompatibilidades.

Gosta de mudar o rumo da ventania para frustrar moinhos de vento – *traquinice* quixotesca.

Vez em quando exercita *soslaios* para fingir desprezo: leva dia todo consigo sacola atafulhada de vieses para alimentar próprios-reiterados desapreços.

Começou de repente a caminhar horas seguidas para *catalogar* distâncias, inventariar longínquos.

Viu entrando de súbito pela fresta da janela silhueta do *presságio*, contornos assustadores do prenúncio. Cética, conduziu ato contínuo seu olhar para os oblíquos caminhos da esguelha.

Nossa ontológica personagem saiu apressada esquecendo na gaveta do criado-mudo tufos de *estratagemas*: sentiu-se vulnerável vendo seus bolsos vazios-despossuídos de astúcias.

Às vezes dorme pensando em *atravancar* o amanhecer. Entanto, sempre acorda percebendo que o despontar da manhã havia escorrido sorrateiro entre os próprios dedos.

Rumorejos prosaicos enclausurados nas *aragens* circunvizinhas – runruns introspectivos. Sente-percebe no ar diz-que-diz astucioso, maledicente. Agora, à tardinha, depois de algumas reflexões topográficas, nossa ontológica personagem concluiu que mora na rua de baixo perpendicular ao quarteirão da *coscuvilhice*.

Preponderâncias imprecisas, influências abstrusas, uivos inesperados para inexistentes luas: às vezes se acredita transformada em lobo – *licantropias* ontológicas.

Pesquisa os próprios recônditos para escarafunchar, simultâneo, *âmagos alheios* – conheça-te a ti mesmo com intuitos ontológicos múltiplos.

Ontem ficou madrugada quase toda remexendo cicatrizes guardadas num pequeno baú construído com galhos da espinhosa árvore dos *estigmas*.

Esqueceu senha do *alvoroço*: precisa se conectar com azáfamas de todas as linhagens.

Observadores atentos acabam de ver nossa ontológica personagem sentada-solitária logo ali no banco da praça *esperando* (quem sabe?) alguém que nunca virá – Beckett, possivelmente.

Disse-garante que apenas quando lança mão do sonambulismo consegue *apalpar* esplendores – resplandecência notívaga.

Saudade chega em torvelinhos atulhados de abstrações melancólicas. Às vezes nossa ontológica personagem cultiva nostalgias apegando-se ao plantio de evocações – *plangências* mnemônicas.

Vez em quando vive dias seguidos no subsolo dela mesma para se livrar dos alaridos *propínquos* – eremita circunstancial.

Abismos: foi com eles que nossa ontológica personagem *aprendeu* a recuar.

Obstinadas intempéries, insistentes *trabuzanas* idílicas. Contam que já se acostumou com os murmúrios das procelas intangíveis do amor.

Dizem que nossa provisória agronômica-ontológica personagem se especializou no plantio de sementes de *âmagos* – agricultura recôndita.

Anda às vezes às tontas, a trouxe-mouxe feito escape procurando válvula. Dizem-afirmam que hoje cedo esbarrou distraída na *precipitação*.

Vez em quando sai aos tropeços procurando cadência, compasso nas suas andanças quase sempre *lacônicas*. Ontem cedo nossa ontológica personagem se arrastou muito devagar, réptil revelhusca, entre os becos sinuosos da própria longevidade.

Não se constrange diante de esperanças *esguias*: peixe fora das águas-das-possibilidades.

Amanheceu sonolenta apalpando *insondáveis* – manhã abismal-abissal *in extremis*. Apesar dos pesares caminhou intacta dia todo.

Nossa ontológica personagem adestrou seu olhar para *enxotar* neblinas – blindagem óptica de incertezas, mirada-espantalho.

Dizem que viu hoje cedo, de relance, sobre a calçada, alguns cacos de *indubitáveis*.

Contam que aprendeu a lidar com palavras *opacas* – motivo pelo qual se especializou na tecelagem de frases adiáforas.

Vez em quando nossa ontológica personagem se incomoda com os próprios sorrisos imprecisos, com as próprias amabilidades absconsas. Entanto ainda não é sócia proprietária da empresa das *imposturices* irrestritas.

Perspectivas juncadas de desalentos: atimias se alastram. Desconfiam que nossa ontológica personagem não retrocede de jeito nenhum – obstina-se cavoucando *atalhos*, pavimentando exuberantes fantasmagorias.

Cataloga delírios póstumos, hipnotiza posteriores – apesar de *derrapar* vez em quando nos cotidianos íngremes.

Não se acomoda nas transcendências: sabe da existência dos *abruptos* externos, alheios às individualidades.

Pensamentos quase sempre voltados para o pretérito – ventanias *obsoletas* carregando folhas secas.

Impetuosos a-propósitos, arrebatados concernentes – tempo todo às voltas com o *adequado*, em perfeita conformidade com o ajustável.

Nuvens tripudiantes sobrevoam seus indecisos passos, suas irresolutas andanças. Nossa ontológica personagem sabe que precisa lançar mão de gestos articuladores em favor do determinado: decifrar amiúde geometria do *decisivo*.

Nos últimos tempos tem caminhado em ziguezagues para desconcertar *sevícias* do itinerário existencial – desorientação flexuosa.

Percebe certa palidez nas próprias frases: astenia vocabular – sintaxe *capenga*. Desconfia que chegou a hora de estender parágrafos inteiros no varal da apostasia.

Nossa ontológica personagem está sempre no encalço da perspectiva favorável – apesar das prestidigitações do *adverso*.

Tudo servil – até a *vegetação* à sua volta é rasteira.

Dias esguelhados demais: transcendendo o *oblíquo*.

Atropelada hoje cedo pela *mnemônica*: nossa ontológica personagem ainda não conseguiu voltar para seu lugar de origem.

Afagos esotéricos, tingidos de hermetismo – motivo pelo qual nossa ontológica personagem não se sensibiliza: é alheia ao *enigmático*.

Olhares insaciáveis abarcando inclusive esguelhas e vieses e soslaios e alguns eteceteras atafulhados de *obliquidades*.

Agora fica dia todo trancada nele, seu laboratório abstrato, estudando implacáveis mecanismos do acaso e seus *apetrechos* fortuitos.

Nossa ontológica personagem carrega camuflado num bornal dezenas de *ininterruptos* para frustrar prováveis tardes efêmeras.

Retirou hoje cedo agulha da gaveta do criado-mudo e ficou olhando para o buraco e pensando na impossibilidade dele, seu camelo *imaginário*, cujo nome é Esperança...

Nossa ontológica personagem sonhou que era *Sísifo* e que estava agachada, bebendo água à beira do rio Lethe: bebia, esquecia; bebia, esquecia...

Às vezes fica tarde toda no porão de si mesma tentando, inútil, apalpar *plenitudes*.

Prazer agora dela, nossa ontológica personagem, é decifrar *hieróglifos* em pupilas ainda não dilatadas.

Comprou hoje cedo spray-vade-retro para *borrifar* esconjuros sub-reptícios.

Quer retroceder, caminhar sobre aqueles ontens longínquos, mas, impregnada de comiserações, num impulso altruísta de ternura se compadece da inacessibilidade, do desdém definitivo dos *outroras*.

Acertada em conluio com o *acaso*, não fica jeito nenhum na dependência do acontecimento casual, incerto, imprevisível.

Nossa ontológica personagem nunca desdenha o não-acontecido: desconfia que tal fenômeno ainda inexistente talvez esteja atocaiado na extremidade da *surpreendência*.

Vez em quando, insone, fica madrugada quase toda tentando traçar no papel possíveis-prováveis, determinados tipos fisionômicos do *inconcebível*.

Procurou-escarafunchou em todos os cantos, em todos os escaninhos do quarto de despejo... e nada: não encontrou aquele antigo *pote* de serenidades.

Cética, nossa ontológica personagem desconfia da prepotência *dissimulada* da Eternidade.

Solidifica sua intransigência com mistura, escura e viscosa, de *hidrocarbonetos* inflexíveis.

Nossa ontológica personagem está agora esquadrinhando possível tipo de vermicida lacônica capaz de eliminar no nascedouro os próprios fastidiosos *introitos*.

Amnésia providencial: não consegue se lembrar de jeito nenhum do lugar no qual guardou pacote de *taciturnidade* com seus apetrechos misantrópicos.

Tem procurado profissional dos enfeitamentos para pintar paredes dos cômodos de si mesma com substância aglutinante de corante extraída da *euforia*.

Parece que fez pacto velado com o *impreciso* – acordo abscôndito com deus-dúbio. Desconfiam que nossa ontológica personagem gosta de andar em ziguezagues pelos nevoeiros impalpáveis do indefinido.

Não angaria exasperações: sempre se preservando do *enxurro* de inquietudes.

Vez em quando, para se livrar do fastio, dissimula certezas inventando-entrando em imaginárias afirmativas – *delírios* axiomáticos.

Dizem-afirmam que nele, seu laboratório abstrato, nossa ontológica personagem elabora para si mesma *abstrações* inoxidáveis.

Dizem que ela ainda não consegue *estancar* delírios.

Aversão-ojeriza às transparências, aos deslindamentos – motivo pelo qual leva sempre no bolso da algibeira grãos de *obscurecimentos*.

Nossa ontológica personagem descobriu o antecessor do *inconcluso*: figura etérea, cujo nome é fugaz.

Hoje cedo, num momento de fúria *ancestral*, jogou na fogueira galhos ressequidos de sua árvore genealógica.

Contam que existem dias nos quais má-fé prolifera, *procria* infinidade de intenções dolosas.

Aprendeu a exercitar, durante os três períodos do dia, *arrumações* díspares para sua própria psique – seu comportamento repetitivo sem sentido facilita transição suave entre as cores degradê.

Testemunhas garantem que há meses emite apenas *lavas* ácidas, pouco fluídas, que se solidificam rapidamente sem provocar danos ecológicos-ontológicos nela mesma.

Acredita que vai encontrar ainda esta semana, numa loja de invencionices *abstrusas*, aparelho capaz de sugar emaranhados existenciais.

Continua com sua tentativa abstrata de se aproximar de vez do *pleno*: nossa ontológica personagem acredita, imatura, que ascensão *in totum* concebe arrebatamentos que ultrapassam o poder do imaginário.

Ainda não consegue dominar de vez investidas múltiplas dessa implacável tropa dos *inevitáveis*.

Exausta, ela, nossa ontológica personagem e seus heterônimos resolveram voltar, *planando* – contam que acordaram no meio do caminho da revoada.

Vizinhos ubíquos afirmam que nossa ontológica personagem vez em quando deixa escorrer dos próprios olhos alguns arrependimentos *aquosos*.

Teimosa, deixa suas opiniões enclausuradas no *subsolo* da caturrice.

Desconfiam que nossa ontológica personagem se *afeiçoa* aos próprios redemoinhos, aos próprios vendavais: natureza mórbida.

Constrói carapaça para ela mesma se arrastar, *tartarugosa*, até o distante outro lado oposto à desesperança.

Vez em quando olha para si mesma de relance e vê muitas *feridas*. Entanto, quando fixa o olhar percebe que são muitas-inúmeras metáforas.

Definitivas... Definitivas – suas *convicções* não são assim tão exageradamente quilométricas.

Místicos afirmam que nossa ontológica personagem foi agorinha hipnotizada pelo *arredio*.

Aprendeu, com o passar do tempo, a *farejar* com antecedências descomunais uma rua sem saída.

Nossa ontológica personagem está quase conseguindo criar em seu laboratório abstrato substância artificial capaz de *debelar* adversidades.

Começou a empreender surrealista tarefa de *confeccionar* caminhos, mas seus passos ainda não se adaptaram às probabilidades peregrinas.

Nossa ontológica personagem vez em quando fecha a tampa da caneta para *protelar* inéditos.

Caminhou entre veredas das *concomitâncias* deixando rastro de migalhas de coincidências. Perdeu-se no meio do caminho da volta: sendas ficaram de repente atafulhadas-emaranhadas de caules da incômoda árvore da *discrepância*.

Convive amiúde com irrealizações – motivo pelo qual acalenta *apreço* irrestrito às expectativas.

Nossa ontológica personagem disse agorinha que ninguém comanda *embarcação* nenhuma: vida é navio fantasma.

Sinos anunciam hora do ângelus anunciando também que tarde se *esvaziou* de vez.

Não é *agitadora* costumeira, nunca foi; entanto, vez em quando, joga fiapos, lascas lenhosas na fogueira das impetuosidades.

Conduta intelectual instantânea, *aguda*, intuitiva – isso fica ainda mais perceptível quando nossa ontológica personagem impõe silêncio a si mesma.

Passos pedantes. Entretanto lança mão de intervalos *peregrinadores* sentando-se no banco da praça dos desempoados.

Nossa ontológica-subserviente personagem concluiu, hoje cedo, que foi ela mesma, a semana, quem determinou as próprias normas de conduta – dias *autônomos*.

Lembrou agorinha que havia deixado seu único *triunfo* em algum canto do sótão da casa, mas... não consegue chamar à memória onde, como e quando aconteceu.

Agora sai às tontas, a trouxe-mouxe: seus passos *aboliram* itinerários.

Ilesa... ilesa... Pretende adquirir o dom da *ubiquidade* apenas para se divertir saindo ilesa de uma de suas duas ontológicas personagens.

Há semanas dentro das quais os dias se *esfarelam* dentro do ressequido niilismo de nossa ontológica personagem.

Hoje de tardinha *esbarrou* em alguém que se identificou ato contínuo: Vim a serviço do Rei Sol para recensear sombras.

Apego absoluto às *surpreendências*: já escolheu inclusive nome do lugar no qual vai passar seus últimos dias de vida: Ignoto.

Às vezes sua autoestima atinge *zênite* às avessas, afirmando que é algo híbrido: metade coisa-nenhuma, metade não-sabe-o-quê.

Contam que desde criança vive com objetivo supremo de chegar um dia até o *arrabalde* da perpetuidade.

Nossa ontológica personagem e suas *abruptas*-sub-reptícias perguntas: morto, curumim vira querubim?

Tem ficado dias seguidos em seu laboratório abstrato tentando-procurando *inventar* símbolo gráfico indicativo para ajudá-la a seguir os próprios instintos.

Há décadas nossa ontológica personagem joga num grande baú que fica no subsolo dela mesma muitos-inúmeros ocasos – vez em quando, *disléxica*, joga alguns acasos também.

Sonha, alucina, vê silhuetas de *declínios* nas paredes – delírios desditosos.

In illo tempore nossa ontológica personagem *falava* latim.

Encontrou outro dia no meio do caminho *entulho* atafulhado de mistérios – remexeu horas seguidas e não encontrou significado em nenhum deles.

Expectativas foram *mutiladas* pela lâmina fatal de certos-atabalhoados a-priori.

Nossa ontológica-desastrosa personagem pertence à árvore genealógica de Ícaro: seus voos também *derretem* no ar.

Tímido, faz do *rubor* sua insígnia.

Nossa ontológica-cética personagem sabe que sequer alhures, sequer algures há *áugures*.

Seu tear erótico tece palavras *lascivas* todas entrançadas umas nas outras – bacanal verbal.

Tropeços abstratos *coreografam* seus passos atafulhados de alheamentos sonambúlicos.

Amanheceu feito nau desarvorada nas águas dos titubeios – motivo pelo qual *atracou* seus propósitos no porto das prolongadas contemporizações.

Agora que *roubaram* todas as suas intuições, não se preocupa mais com o daqui-a-pouco.

O não-acontecimento reiterado poderia ter sido *manancial* da desesperança dela, nossa ontológica personagem – entanto, seduzida pelo randômico, acredita que a qualquer instante algo poderá ocorrer por acaso.

Desavença íntima – mais um fruto de sua *penca* de imperecíveis.

Às vezes, sob eflúvios do surrealismo, fica horas seguidas se *procumbindo* diante do incógnito.

Se nossa ontológica personagem trocasse olhares agora com alguém num banco de praça, diria: Vou morrer logo – você precisa *apressar* seu amor por mim.

Generosa, tem o hábito de *acolher* em casa látegos solitários – sem flagelos.

Nossa ontológica personagem acredita que se esticar pouquinho mais par de elástico de seu estilingue... *mutila* pelo menos as asas do destino.

Contam que pensou um dia em ser piloto de avião – entanto, preocupada com *infortúnios* alados...

Temperatura corporal dela, nossa ontológica personagem, quase nunca fica acima de 37 graus centígrados – suas palavras, sim, sempre *febris*.

Foram brigas verbais, apenas – mesmo assim ainda ficaram alguns *coágulos*.

Ainda não teve acesso a algo difícil, grandioso à semelhança da certeza: apenas *ultrapassou* o pórtico do talvez.

Nossa ontológica personagem, insólita, fica vez em quando pensando nas *funduras* – nessas funduras tristes, solitárias, carentes de escafandros.

Palavras muitas vezes já chegam no papel ultrapassadas – nossa ontológica personagem sempre se desculpa culpando a *ultrapassagem* do prazo de validade da tinta da caneta.

O depois? Desconfia que está amocambado logo ali atrás da *obscureza*.

Coleciona frases fraternas – aquelas que *resgatam* palavras que caíram em desuso.

De repente, sem mais nem menos, anoitece: nossa ontológica personagem perdeu *prestígio* com o cotidiano.

Descobriu agorinha motivo pelo qual as probabilidades têm sido cada vez mais diminutas: baixo *teor* de proteínas delas, suas expectativas.

Às vezes caminha manhãs inteiras de mãos dadas com a *hipótese*.

Pacto velado com o *metafórico* – vizinhos garantem que nossa ontológica personagem descobriu inseticida capaz de eliminar insetos nocivos ao ar tropológico do ambiente no qual compartilha moradia.

Vocação *oblíqua*: só olha seu semelhante de viés.

Vez em quando vê aparição simultânea de duas sombras na parede – desconfia que são espectros da *ambivalência*.

Considerando que há dentro do próprio peito um terreno baldio – pretende instaurar nesse espaço agreste plantio de *complacências*.

Memória dela, nossa ontológica personagem, adquiriu de repente o dom de recoser *antes* abandonados nos porões dos *anteriores* quase-inatingíveis.

Cataloga tristezas – todas unânimes: advindas de um mesmo amor extraviado, perdido nas brenhas do *desprezo*.

Nossa ontológica personagem disse agorinha que *inventaram* nome sonoro-poético para decorar a morte: exéquias.

Está dia todo em seu laboratório abstrato criando líquido para aplicar sobre o próprio globo ocular – colírio através do qual poderá possivelmente ver a *magnitude* a olho nu.

Contam que hoje cedo começou a exercer o esotérico ofício de adestrar *posteriores*.

Vez em quando olha para atrás, um atrás distante, mas não vê nada: *neblina* da ancestralidade é muito espessa.

Tempo todo lapidando *inacabados* – mesmo sabendo de suas irremediáveis incompletudes.

Meses seguidos andando no quarteirão da direita para a esquerda ou vice-versa – motivo pelo qual vizinho de razoável cultura apelidou nossa ontológica personagem de *palíndromo*.

Garante que enquanto sinos da Matriz tocavam aparecia no céu *amontoado* de nuvens litúrgicas: som eclesiástico interferindo em causa própria.

Sozinha, triste ali no canto do quintal – árvore carente de *arvoredo*.

Caminhando distraída lançando mão de passos irrealizáveis, olhou de repente de soslaio para o chão e viu *pegadas* da utopia.

Unilateral, vida toda ignorou seu *outro-eu*: nossa ontológica personagem pensa que é única dentro do conjunto das partes que compõem ela mesma.

Mestre na arte de esculpir hiatos: cria *lacunas* às vezes simbólicas, às vezes representando conceitos determinados.

Poderia possivelmente ter sido visita-surpresa da *vontade*, mas, apática, continuou no sofá ignorando campainha do interfone.

Dia todo sem prestar atenção no *momento* – motivo pelo qual de noitinha tropeçou distraída no *neste instante*.

Nossa ontológica personagem manufatura *alheamentos* para consumo próprio – de modo muito infrequente cai em si.

Nos últimos tempos tem ficado tarde toda em seu laboratório abstrato estudando possível existência de emanação imperceptível, possivelmente exalada de provável fluído da *convicção*.

Três dias seguidos sem encontrar *vestígio* nenhum do próprio cotidiano.

Ainda não entendeu desígnios jurídicos do próprio acaso: vive quase sempre num *intervalo* de tempo antes do qual não se pode promover nenhum ato oposto à prostração.

Nossa ontológica personagem vai deixar de herança para parentes próximos baú atafulhado de *dúvidas*.

Memória fraca – motivo pelo qual quer saber em que canto obscuro do *oblívio* escondeu sua maior relíquia: a infância.

Está quase pronto seu abecedário da *descrença* – título provisório: Teofobia.

Deixou todas as suas palavras trancadas de vez num cofre a sete chaves – menos uma: *pantomima*.

Ainda não conseguiu detectar propriedade característica do tom *ectoplásmico-metafísico* de seu cotidiano insonoro.

Nossa ontológica personagem aprendeu a tirar proveito da sabedoria *etérea* das entrelinhas.

Trancou-se outra vez em seu laboratório abstrato para estudar-criar *lâmina* incognoscível capaz de aparar muitas-inúmeras saliências do desconsolo.

Dias dela têm sido *transversais*, desafinados – pífaros pífios.

Nessas noites insones, ela, nossa ontológica personagem, angustia-se com suas reflexões *atarantadas* feito amontoado de consoantes abstratas à procura de inexistentes vogais.

Não faz parte de nenhuma *vertente* – apesar de viver tempo todo escorregando pelos declives do não-idealismo.

Nossa ontológica personagem é muito velha: desconfiam que suas *mensagens* já são mediúnicas.

Adquiriu o hábito de arregimentar *estigmas* – próprios.

Vizinho esotérico garante que nossa ontológica-pluviométrica personagem estava, três dias atrás, em seu laboratório abstrato criando antialérgico para nuvens hipersensíveis às *esfoladuras* dos súbitos-inesperados relâmpagos.

Hoje à noite, numa daquelas horas *atulhadas* de reflexões, concluiu que sua vida carece de *ênfases*.

Às vezes, prolixa, nossa ontológica personagem, compõe, às escondidas, *dísticos* de três versos.

Sempre querendo ultrapassar limites do restrito, do limitado. Entanto, ignora as próprias *estreitezas*.

Desconfiam que nossa ontológica personagem está agora em seu laboratório abstrato tecendo *gualdrapas* mágicas para cavalos com intenções aladas.

Gosta da *lascívia* abscôndita de certas palavras – incandescência, por exemplo.

O próprio papel se irrita com o *estrugido* dos vocábulos-frêmitos de nossa ontológica personagem.

Lúbriga, abriu de repente a janela e se assustou vendo sol *resplandecente* profanando seus pensamentos sombrios.

Às vezes percebe *lenteza* excessiva no próprio amor – afeição quelônio.

Tarde toda em seu laboratório abstrato procurando-tentando criar *estigma* duradouro para consumo próprio. Entanto, apegada às próprias comiserações, se excede adicionando dosagem maior de nitrato de menoscabo.

Nossa ontológica personagem adquiriu recente hábito de enterrar em solo fértil cataclismo personalizado – cobaia *geológica*.

Tempo todo subserviente às incertezas. Entanto, vez em quando, rebelde, retira furtivo da bainha lâmina talhante do *inconteste*.

Vivendo dias de ventos contrários *desgrenhando* perspectivas de aparências benfazejas.

Objetivos muitas vezes são disposições circulares *concêntricas* – motivo pelo qual nossa ontológica personagem é quase sempre vórtice dela mesma.

Foi antes de uma quinta-feira... Estava absorta em seu laboratório abstrato... Depois de súbito frescor de aragem mnemônica em suas têmporas, chamou à memória sua mais esplendorosa criação: pílulas circunspectas para refrear impetuosos *alvedrios* da presunção.

Noite já havia chegado quando viu de relance fiapo de tarde recentíssima, e, dentro dela, *epílogo* luminoso do sorriso daquela interessante-desconhecida pessoa.

Viu hoje cedo ali naquele terreno baldio *báculo* jogado num canto carente de mãos dotadas de dogmas.

Gosta da prosa – motivo pelo qual vive prazenteira nos arrabaldes da *estrofe*.

Às vezes ela mesma, nossa ontológica personagem, desconfia que suas frases são *clausuras* carentes de frestas.

Disse agorinha para ela mesma diante do espelho: Esses dias em *andrajos* são criações afoitas-atabalhoadas de estilistas das desventuras.

Nunca foi obstinada *in totum*: sempre que chega no pórtico do *confim*, volta – cabisbaixa.

Dia amanheceu ensolarado. Entanto, nossa ontológica-meteorológica-pessimista personagem abriu a janela e viu apenas focos de clarões abstratos encobrindo sorrateiros *prenúncios* tempestuosos.

Hoje, mais do que nunca, afeiçoada ao *oblívio*, desconfia que uma vez, décadas atrás, possivelmente, chegou muito perto, a duas quadras de distância, talvez, da bem-aventurança.

Está agora em seu laboratório imaginário tentando praticar *abstração* absoluta: lança luz sobre possível-provável criação de produto químico-farmacêutico, cujo poder anestésico proporcionaria a ela, nossa ontológica personagem, inexistente sensação de não sentir nada dela nela mesma.

Sensação de que vida toda só foi vista nos *intervalos* – de relance.

Saiu agorinha frustrada de seu laboratório abstrato querendo-tentando criar antisséptico para combater relutâncias e seus muitos-inúmeros *áditos*.

Agora sai pouco de casa: pés perderam *obstinação* peregrina.

Propalar, propalar... Vizinhos mercantis esperam que divulguem logo as tais invencionices abstratas antes que verbo aí no *introito* caia em desuso, deixando igualmente no anonimato eterno nossa ontológica personagem.

Ontem cedo *pensou* em voz alta: Não há deus: adeus.

Manhã quase toda deitada na grama da praça vendo-ouvindo pássaros, concluiu, prepotente, ao rés do chão, que ainda subsiste por si mesma – ignorando não ter bocado sequer de *substância* alada.

Nossa ontológica personagem ficou horas seguidas em seu laboratório abstrato criando *sinuosidades* para ziguezaguear monotonia-moral de suas próprias retitudes.

Ao ver arbusto de um lado, árvore do outro, pensou: apesar de ser mais franzino, o primeiro, pela *nomenclatura*, sugere mais sustância arbórea.

Vizinhos mais atentos desconfiam que nossa ontológica personagem é sempre *chamuscada* pela alegria dos outros.

Depois de semana inteira sem sair de casa, saiu indecisa deixando na gaveta do criado-mudo *restolhos* de refúgio.

Arregimenta para consumo próprio agonias lúcidas: aprendeu a burilar-lapidar *acuidades* agônicas.

Apego às fragrâncias da existência plena, *perficiente*, não gostaria de ultrapassar o pórtico daquela região da longevidade sulfúrea.

Vez em quando solidão levanta voo. Entanto, vizinhos garantem que quase sempre, já no dia seguinte, tal sentimento *desolador* se restitui pousando na ontológica árvore dos ressequidos frutos da inospitalidade.

Tem saído (nos últimos tempos) muito cedo de casa para possivelmente tatear o *arrebol* do espairecimento – outros, mais talhados para aventurar proposições, dizem que nossa ontológica personagem arranjou jeito de sair de vez dos escombros da reminiscência.

Abriu agorinha gaveta de amuletos: gosta de contemplar extasiada sua *coletânea* de superstições.

Considerando caminhar cabisbaixa, vizinhos desconfiam que ventos propícios não têm sido receptivos com nossa ontológica *ominosa* personagem.

Ainda não assumiu existência efetiva: é qualquer coisa subentendida, possivelmente *tosca* – latência rústica.

Começou caminhando resoluta – percurso plano, pré-estabelecido. Entanto, não contava com aclives-declives dos inesperados tatibitates *andejos*.

Desconfiam que nossa ontológica personagem nunca teve ligação *afetiva* com ilusões contemporâneas.

Precisaria de alguns *ajustes* líricos para possível-provável atitude de integração harmônica em seu cotidiano idílico.

Às vezes, dispersante, não consegue *tanger* sua tropa de vogais e consoantes.

Hoje amanheceu tentando-querendo conclamar em alto e bom som Perspectivas – desconfiam que voz de nossa ontológica personagem se perdeu nos *arilhos* do pretérito.

Abriu agorinha a janela: viu no quintal amontoado de gravetos secos, abandonados, tristes – possivelmente querendo morrer de vez, altivos, ouvindo o *crepitar* da própria cremação.

Maioria das vezes alheada, desconfia que não vive semanas inteiras: quando olha para trás, *atentiva*, vê apenas um compêndio de mês.

Sensação de que ontem passou dia todo desapercebida – inclusive *estranha* a Deus.

Nossa ontológica personagem resolveu transferir seu laboratório abstrato para cômodo superior: no sótão suas *ideias* não resplandeciam.

Desde que começou a olhar tudo de *soslaio*, se absteve de vez dos assombros.

Passos agora quase sempre arbitrários: súbito, nossa ontológica personagem se *desemboca* num beco sem saída.

Tarde toda em seu laboratório abstrato tentando-querendo inútil criar seta indicativa para apontar direção do *pórtico* dos arcanos.

Nossa ontológica personagem abandonou o alcoolismo há muitos anos – agora seus *desequilíbrios* são interiores.

Distraída, tempo quase todo dispersa – vivendo nas bordas do *neste instante*.

Nossa ontológica personagem perguntou outro dia ao vizinho filósofo: E esses princípios e realidades divinas na doutrina de Plotino? *Hipótese* ou Hipóstase?

Vez em quando tem experiências *extáticas* saindo de si – não ascendendo ao divino, transcendendo, mas sendo possuída por irritabilidade suprema.

Nossa ontológica personagem ainda pretende criar vários *heterônimos* – todos terão essência comum: vaidade.

Depois de pesquisas esotéricas descobriu motivo pelo qual sempre se incomodou com própria *incompletude*: na vida anterior tinha dupla personalidade.

Mente indolente, sempre se detém na metade do percurso: raciocínio *dedutivo* dela nunca se estrutura a partir de duas premissas

– vizinho filósofo garante que nossa ontológica personagem carece de habilidade silogística.

Frustração dela, nossa ontológica personagem, é nunca ter sido autoridade judicial – motivo pelo qual às vezes, de noitinha, delira vendo *silhuetas* da magistratura na parede.

Seus titubeios cotidianos engendram reiterados tropeços – quase nunca vê pela frente *montículos* de terra atafulhados de sementes de percepção.

Refém tempo todo da determinação antecipada do destino. Entanto, não é por obra do acaso que nossa ontológica personagem passa manhãs inteiras em seu laboratório abstrato tentando-querendo criar unguento capaz de *rechaçar* possíveis-prováveis surpreendências.

Ontem logo cedo perguntou ao vizinho poeta: E essas florestas frondosas e suas *ecológicas* aliterações?

Nossa ontológica personagem não se assusta com sua progressiva amnésia: sente-se altiva deixando próprio passado *incólume*.

Vez em quando fica horas seguidas em seu laboratório abstrato-surrealista tentando criar pílulas aromatizadas-coesas – sabor de *conexões entre si*.

Quando carícias-carinhos desaparecem meses seguidos, nossa ontológica personagem costuma acreditar na *infinitude* da própria intangibilidade.

Desde semana passada tem protelado *ad infinitum* próprios *pressupostos*: blinda-se de possíveis contraditórios deles, seus hipotéticos argumentos precedentes.

Dias seguidos caminhando manhãs inteiras em volta do mesmo quarteirão pensando nas bem-aventuranças passadas – hoje cedo reconheceu no chão próprias *pegadas* pretéritas impressas pela saudade.

Acordou aflita: sensação de que se asfixiava mergulhada nas águas do infortúnio – *Aqueronte*. Não é por obra do acaso que agora fica horas seguidas em seu laboratório abstrato tentando-querendo criar flutuador móvel para se manter à superfície do rio no qual poderá se afogar num próximo-incauto sonho.

Abstraída, fica vez em quando manhã inteira ignorando o *orbe* de si mesma – disposição inata para postergar âmbitos.

Nossa ontológica personagem pensa em viver-morar *lugarejo* qualquer ausente de esquinas – e de habitantes: evitar ciladas.

Quase sempre revela *embaraço* diante dos outros – disponível a determinada incidência do rubor.

Tentou, inútil, meses atrás, criar em seu laboratório abstrato *bodoque* capaz de arremessar átomos – prazer estratosférico: estatelar estrelas.

Sua fala vez em quando arrastada, tem a mesma *lenteza* da fluidez do mel – entanto, amargosa.

Nossa ontológica personagem, neles, seus momentos de singeleza, fica horas seguidas em seu laboratório abstrato tentando-querendo criar-remodelar bomba de flit para disseminar *blandícias* quarteirão afora.

Mesmo anônima, isolada em seu laboratório abstrato, continua tratando-se da disciplina dedicada à análise e classificação das palavras obscenas – *onomástica* chula.

Nossa ontológica personagem nunca pensou em cortar o fio da própria vida. Entanto, eterno apreciador do som das palavras, possivelmente *facilitaria* qualquer hora seu afogamento no lago Estínfalo.

Sensação de que às vezes silhueta da bem--aventurança fica do outro lado da rua... rindo às *escâncaras* de certas ingênuas expectativas ontológicas.

Entrou agorinha em seu laboratório abstrato para criar talvez partícula incandescente capaz de despertar *pressentimentos* – faúlha lampejo.

Nos últimos dez dias evitou tudo que poderia *caracterizar* um fato: procurou-tentou a todo custo não viver consoantes às circunstâncias – pacto velado-escrupuloso entre ela e o acaso.

Nossa ontológica personagem está agora em seu laboratório abstrato tentando-procurando criar fluído imaterial hipotético com suposto nome de *planura* – para colocar em equilíbrio, nivelar possíveis-prováveis ondulações irregulares do cotidiano.

É a favor da extinção dos alaridos, das algazarras, dos ruídos estrondosos. Entanto, reverente às palavras sonoras, espera que o substantivo *estrépito* nunca caia em desuso.

Nossa ontológica personagem não ignora jeito nenhum que vivemos tempo contínuo no qual eventos se sucedem – mesmo assim, gosta de ficar em seu laboratório abstrato criando para consumo próprio *períodos* prístinos.

Depois de ler-reler *Da natureza das coisas*, de Lucrécio, pensou, desalentada: se tudo isso que meu poeta latino afirmou em vida, for verdadeiro, nem ele pôde confirmar depois de morto: coisa nenhuma não *vislumbra* o absolutamente nada.

Nossa ontológica personagem esquadrinhou dia desses quantidade exagerada de antepassados – descobriu que sua árvore genealógica carece de *ramagens* viçosas.